한 사흘은 수천 년이고

최동은
경기도 광주에서 태어났다.
2002년 『시안』을 통해 시인으로 등단했다.
시집 『술래』 『한 사흘은 수천 년이고』를 썼다.

파란시선 0079 한 사흘은 수천 년이고

1판 1쇄 펴낸날 2021년 5월 20일
지은이 최동은
디자인 최선영
인쇄인 (주)두경 정지오
펴낸이 채상우
펴낸곳 (주)함께하는출판그룹파란
등록번호 제2015-000068호
등록일자 2015년 9월 15일
주소 (10387) 경기도 고양시 일산서구 중앙로 1455 대우시티프라자 B1 202호
전화 031-919-4288
팩스 031-919-4287
모바일팩스 0504-441-3439
이메일 bookparan2015@hanmail.net

ISBN 979-11-87756-94-1 03810

값 10,000원

한 사흘은 수천 년이고

최동은 시집

시인의 말

한 사흘은 죽었고

한 사흘은 흘렀고

한 사흘은 애인을 만났다

햇빛이 좋았다

오래 꿈을 꾸었다

차례

제3부

제4부

해설

제1부

문경 애인

한 번도 본 적 없는 애인이 문경에 삽니다 문경은 그런 곳 어둡게 걸어 들어가고 환하게 걸어 나오는 곳 오늘도 나의 애인은 고개를 넘고 때죽나무 꽃 피는 산길을 걸어 갑니다 그림자 앞세우고 두고 온 여자의 손을 꼭 잡고 갑니다 산길이 끝나는 곳에 집이 있고 집 너머에 또 산이 있어 몇 번의 생이, 몇 번의 밤이 머물다 갑니다 애인을 만나러 가는 길에 한 줌 햇빛을 손바닥으로 비벼 봅니다 바스스 부서져 내리는 이름 매미 울음 따라 첩첩산중 문을 열고 기다린 애인 만나러 갑니다

깊고 아득한 곳입니다 문경은, 비가 오고 바람이 불고 사랑이 흔들리고…… 갈참나무 이파리들은 애인의 푸르고 시원한 이마를 닮았습니다 처음 보는 저녁을 따라 그리운 지병 고치러 문경 갑니다

비

무이(無易)로 가는 기차를 탄다 차창에 빗방울이 부딪힌다 명절 일주일 전이라 표를 간신히 구했다 KTX 역방향 자리다 앞자리 뚱뚱한 남자가 신문 너머로 나를 힐끔거린다 나는 다리를 어느 쪽에 놓아야 할지 생각한다 남자가 다리를 한 번 꼬았다 푼다 마주 앉은 네 사람은 서로 모르는 사람이다

안쪽에 앉은 나는 밖을 보고 있다 풍경은 뒤에서 온다 성실요양원이 지나간다 원양요실성이라고 읽는다 시멘트 공장 굴뚝이 보인다 굴뚝은 굴뚝으로 보인다 눈이 마주친 남자는 무슨 말을 하려고 입을 씰룩거리다 그만둔다 나는 음악을 들으며 발을 까딱거리다 남자의 발을 툭 친다 미안하다고 고개를 까딱한다 다시 창밖을 본다 들판이 지나간다 드문드문 집들이 지나간다 강물이 흘러간다 오가는 사람은 없다 오래전 어디서 본 곳 같다

잠깐 햇빛이 든다 비 그친 사이 매미가 찢어지게 운다 저렇게 며칠 동안이나 울까 제 껍데기를 어디다 버리고 울까…… 문득 졸고 있는 남자의 꿈속으로 들어가 손 한 번 잡아 볼까 하룻밤 같이 있자고 속삭여 볼까 이 비가 그

칠 때까지

사실 나는 엊저녁에 연락을 받고 문상을 가는 중이다 죽은 사람의 이름이 생각나지 않는다 목적지에 반대로 가고 있는 것은 아닌가 가방을 뒤져 차표를 꺼내 본다 무이, 거기는 어디인가 내가 알고 있는 곳인가 밤 열 시 이십 분 역에 도착하면 우산을 들고 누군가 마중 나와 있을까 종착역에 내려 그곳까지 한 시간 남짓이라는데 오늘 안에 무사히 도착할 수 있을까 나는 지금 역방향으로 가고 있는데 거기도 무이가 있을까

일 분 미리 보기

사막에 건기가 시작된다 코끼리 떼가 오래 걸어 물을 찾아간다 어미는 새끼를 다리 사이에 넣고 걷는다 사자 무리가 바짝 따라온다 건기에는 울음소리도 날카롭다 사막은 달아오르고 사자의 눈빛은 뜨겁다 새끼가 어미 다리를 빠져나간다 사자가 달린다 모래바람이 인다 우 우…… 미가입 채널입니다

황금 실은 마차가 달린다 총잡이가 따라온다 채찍을 휘두른다 채찍을 맞고 달리는 말들이 길을 벗어난다 마차가 굴러떨어진다 굴러떨어진 마차를 향해 총잡이가 달린다 총잡이의 총구가 도망가는 말을 겨눈다 히이힝히힝…… 미가입 채널입니다

채널을 계속 돌린다 일 분은 길다 일 분은 짧다

아이스크림을 핥아먹는 혓바닥 뜨거운 입김 차가운 키스 남녀는 포옹하고 등을 돌린다 여자가 안개 속으로 걸어간다 박쥐가 날고 숲이 사라지고 일 분은 키스 일 분은 포옹…… 미가입 채널입니다

내 죽음도 일 분 미리 보여 주면 안 되나

입을 벌리고 죽었는지 두 눈은 다 감고 죽었는지 머리는 산발인지 두 발은 묶여 있는지 콧구멍에 줄을 달고 죽었는지 옆에서 누구누구 울고 있는지 하얀빛은 어디에서 오는지 진짜 칠흑 속으로 걸어가는지…… 잠깐 가스 불 끄러 돌아올 수도 있는지

다음 역

가을이란 기차에 탔어요 그린 라인 핑크 라인 연락 두절 라인…… 떠난 사람 기다릴 필요 있나요 다음 역에서 봄을 건너온 사람이 탈 거예요

길에는 단풍잎 쌓여 있는데 고양이 한 마리 눈 감고 앉아 있는데 기차는 햇빛 둘둘 말고 다음 역으로 떠나는데 공동묘지 근처를 지나가는데 노을 뒤집어쓴 황금 무덤들이 줄지어 올라타는데 등에는 나무 한 그루씩 지고 있는데

새들은 무덤 속에서 겨울을 보내고 간대요 타고 내리고 타고 내리고 다음 다음 역으로

어딘가에 또 잠 못 자는 사람이 있을 거예요 가끔 지적인 대화도 필요할까요 라흐마니노프는 어때요 철딱서니 인텔리면 더욱 좋겠죠 밤새 조잘거려도 질리지 않는 사람 참, 사는 게 뭔지요…… 우리의 사랑은 얼마나 남았을까요

기차는 어디까지 가나요 빌딩 모서리를 돌아 저녁 해가 사라지는 곳까지 가나요 띄엄띄엄 사는 얘기처럼 다음 역에 내리는 사람처럼 어스름을 지고 걸어가는 사람처럼 두

갈래 세 갈래로 갈라지는 길이 보이지 않을 때까지

회전목마

노란 말 앞에 하얀 말 앞에 파란 말 앞에
동물원 안에 여름 안에 북극곰 안에
철망 울타리 안에 아이들

아이스크림 고깔 모양 아이스크림 잠깐 맡겨 놓은 아이스크림
한 바퀴 두 바퀴 흘러내리는 아이스크림
천천히 핥아먹는 아이스크림
"여기서 기다리고 있을게"
아홉 바퀴 열 바퀴 사라지는 아이스크림

들고 있던 언니는 어디로 갔나
흘러내린 자국은 어디로 갔나
달콤하고 부드러운 손은 어디로 갔나

약속은 녹아내리고 약속은 흔적이 없고
약속은 하얀색이고 약속은 바닐라 맛이고
지켜지지 않은 약속은 처음부터 없었던 맛이고

서서 잠자는 말 하얀 말

나를 태우고 달리던 말 검은 말
깜빡깜빡 졸면서 달리는 말 늙은 말

붉은 지붕이 사라진다
자개장롱 분꽃 마당이 사라진다
결혼을 한 언니는 꼭 닮은 아이를 낳고
엄마는 어느 생의 요양원으로 가고

그러면 여름은 겨울이 되고
다시 눈꽃나무 가지마다 아이스크림이 달리고

오늘은 조금 외롭군

저곳에 나무를 심어야겠어
그는 삼나무와 삼나무 사이가 휑하다고 생각한다

어떤 나무가 좋을까
추위에 오래 견디는 나무? 휘어져도 부러지지 않는 나무? 폭풍우 속으로 달려가는 나무? 햇빛 둘둘 말고 손짓하는 나무? 뭉게구름을 못 본 척하는 나무?

그가 식물도감을 펼친다
잎이 넓고 잎과 잎 사이에서 꽃이 피고 열매가 주먹만하게 열린다
가을이면 회갈색 이파리들이 떨어진다 밑둥이 굵다
꽃이 화려하지 않다 수피가 단단하다

잎 모양이 비슷한 키가 비슷한 수령이 비슷한
나무는 많지만 비슷해서 비슷하지 않은 나무들이다

그는 가끔 꿈속으로 걸어 들어오는 나무를 생각한다
이파리가 거인 손바닥만 해서 불빛을 가리는 나무를 상상한다

날개 잃은 새가 이파리 사이에서 날아오르려 들썩거린다

밤새도록 커튼 뒤에서 삽질하는 그가 보인다
깨져 있는 가로등 너머 울창한 숲이 보인다

어둠 속에 손을 집어넣으면

뭔가 잡히는 게 있다
내 손을 붙잡는 누군가가 있다
어둡기 전에 돌아오너라
낯익은 목소리가 팔을 잡아당긴다
나는 아무 대답도 안 하는데
놓지 않는 손이 있다

어디까지 어디까지…… 닿을 수 있을까

시퍼렇게 이끼 낀 돌멩이를 헤치고
바닥을 더듬는다 손등이 캄캄하다
어딘가에 어둠을 켜는 스위치가 있다, 분명
터치터치터치

바닥에는
입이 무거워 떠오르지 못하는 물고기의 입술
빚쟁이에 쫓겨 달아나던 삼촌의 낡은 가방
막걸리 주전자가 굴러다니던 마당이
가라앉아 있다
손가락을 물고 가는 개미 같은 것이 있다

개구리 알 같은 것이 달라붙는다
미끌거린다
더 깊이 손을 집어넣는다
오랜만이구나

시장 골목에서 잃어버린 엄마 목소리가 들린다
아홉 달 만에 죽은 언니가 내가 너라고 우긴다
환하게 웃고 있는 어둠 뒤에
똬리 틀고 있는 뱀 한 마리가 있다, 그렇게

열대야

삼베 이불 덮고 어디까지 가나
벽 속으로 잠 속으로 매미 울음 속으로 뒤척뒤척 들어가나
퉁퉁 부은 어느 아침에 도착하나

끝내 깊은 잠에 들지 못하고 나비 꿈 꾸고 있나
떠내려가는 나무다리 위를 건너가나
불길처럼 코를 골며 삼베 자락 걸치고
훨훨 날아가나

끙, 문 쪽으로 돌아누우며 딴 세상 꿈을 꾸나 한쪽 다리 이곳에 두고 한쪽 다리는 저생(生)으로 넘어가나 캄캄하고 환한 불빛 둘둘 말고 어디쯤 건너가나

처음 가는 꿈길 같아서
혼자 누운 관 속 같아서
뉘 무덤 속 같아서

스팸

거기, 비 오는 오리나무 숲으로 잡아끌던 사내를 따라 깊은 곳까지 들어가는 내가 있습니다 수몰된 마을의 문을 열면 죽은 사람의 사진이 걸려 있는 마루가 있습니다 물이 가득 찬 집이 둥둥 떠올랐다 가라앉습니다 물은 내가 덮던 홑이불을 덮고 조용히 흐르고 있습니다

담배를 팔던 점방에는 연기가 피어오르다 사라지고 옆집 명숙이와 그림자밟기 놀이하던 마당엔 풀이 수북합니다 팽팽하게 햇빛 잡아당기던 빨래들이 물결 따라 너울거립니다 물속은 대낮 같고 밤중 같습니다

생일과 슬픔이 겹쳐 막차를 놓쳤습니다 어두워지는 골목 벽에 새겨진 낙서들이 내 몸의 반을 당신 쪽으로 기울게 했습니다

메일이 쌓여 갑니다 지하 계단을 내려가면 등 뒤에 똑같은 계단이 불어납니다 깨진 가로등 불빛이 창문에 거꾸로 매달립니다 액자 속 이층집을 언제 빠져나왔는지 자꾸 뒤를 돌아봅니다

빚

백일홍이 피었네요
이 백일홍은 언제 폈죠
백만 원을 빌린 마음처럼 요렇게 빨갛게
백일홍백일홍백만원백만원
그러니까 백만 원이 백일홍처럼 들리네요

빚은 한 번에 늘어난 게 아니죠
꽃이 피듯 서서히 피어나죠
이자도 처음부터 많아진 게 아니고요

백일홍 백 송이도 한꺼번에 피었다 지지 않죠
한 송이가 지면 한 송이가 오고
한 송이가 지면 또 한 송이가 오고
분홍색이 가면 하얀색이 오고 파란색이 가면 자주색이
오고

그 많은 백일홍이 잘못이 없듯 백만 원도 잘못이 없죠
그저 꽃잎을 몇 장 빌린 것뿐이죠
밤새워 백만 원을 세듯
한 잎 두 잎 세면 셀수록 피어나는 게 이자죠

그러니까 이자는 생각하지 마세요

저기 봐요
폭발하듯 꽃들이 피고 있잖아요
꽃망울들이 벌어지고 있잖아요

자정

얼어 죽은 까마귀가 날아올랐다
꽃집을 지나 집으로 가던 길이 사라졌다
국화꽃을 든 사람이 걸어와 아는 척했다
오래 기다렸다고 통성명이나 하자고

나는 어제 낮부터 잤는데 계속 잤는데
TV를 끄지 않고 온 생각이 났다
동물의 왕국 화면은 바뀌지 않고
사자와 늑대 얼룩말 하이에나가
밤의 초원을 어슬렁거렸다 초록색 눈과
날카로운 이빨이 무섭지 않았다

이상하고 아름다웠다
"누구 없어요" 소리쳤지만
아무도 알아듣지 못했다

밤일까 낮일까
푸르스름한 하늘에는 아무것도 떠 있지 않았다
안개에 잠긴 풍경 속에서 사람들은 서로 물었다
어디서 왔느냐고, 누구냐고

나는 오래전부터 여기 살았다고 했는데
누군가 당신은 사흘 전에 죽었다고 했다
염쟁이가 와서 내 몸의 구멍이란 구멍을 다 막고 있었다
팔다리를 장작처럼 펴 온몸을 묶었다

"나를 아세요"
"이 일이 삼십 년째예요"

누군가 내 위에 꽃을 던졌다
검은 꽃이었다
열두 시가 조금 넘었다

잠깐 햇빛이 들었다

매미가 자지러지게 운다 꿈에서 깼을 때 다리가 부어 있었다 할머니의 장례식이 오늘인가 오늘이 월요일인가 부은 다리를 절룩이며 장례식장에 간다

영정 사진은 젊은 남자였다 모르는 사람들과 인사하고 모르는 사진 앞에서 울고 나도 모르는 사람이 된다 퉁퉁 부은 얼굴이 사거리를 건넌다

화요일 꿈속에선 선인장 밭에서 일했다 하루 일당이 육만 원이라 했다 가시에 찔리고 또 찔렸다 피도 나지 않았다 입속 가득 가시를 뱉었다

수요일과 목요일 사이
그가 주먹을 휘둘렀다 얻어맞은 눈으로 멀쩡한 장롱에게 악다구니를 퍼붓고 돈을 빌리러 갔다 친구는 하기리에 살고 있다 예정에도 없이 은하수 모텔 305호에서 밤을 보냈다

하기리는 얼마나 먼 길인가 돌아오는 길은 또 얼마나 먼가 시외버스를 기다리는 동안 죽은 애인이 생각났다 버스

는 오지 않는다 개미 한 마리가 종아리를 물고 달아났다

금요일 토요일 일요일은 없는 요일이다 매미 한 마리도 울지 않는다 마른 눈으로 계속 울었다 애인이 물 밑으로 내 다리를 끌어당겼다 물속으로 물속으로 한없이 들어갔다 햇빛이 둥글게 퍼져 나갔다

겉은 바삭 속은 말랑

마가렛과 쑥갓이 헷갈리면서
방금 걸어온 길과 물속 길이 헷갈리면서
말라 죽은 연잎과 저녁의 그림자가 헷갈리면서
미루나무와 미루나무가 헷갈리면서
떠 있는 오리와 숨은 오리가 헷갈리면서
달려오는 시간과 사라지는 시간이 헷갈리면서
겉은 바삭 속은 말랑 바게트를 씹는다 바스락
바스락 부서진 껍질이 어스름을 밀고 간다

벚나무 아래로 허리가 접힌 노인이 간다
꽁지를 들썩이던 새가 간다
저수지를 끌고 갈대가 간다
나뭇잎을 밀며 물주름이 간다

마티스 그림의 바탕은 주황색이다
어긋난 이파리와 하늘은 검은색이다
춤추는 남녀의 팔다리는 흐린 청색이다

루이보스와 블루베리의 조합은 무슨 맛일까?
떫은맛? 신맛?

네가 떠난 뒤의 그 질긴 맛?

오후 두 시와 세 시가 헷갈려서

우묵한 네 눈빛을 닮아 가는 오후 네가 떠난 자리 바라보다 문득 배가 고파 넝쿨장미 울타리 너머 발자국 소리 멀어지다 가까워지다 멀어지다

두 시에 왔었나 당신 세 시까지 접혀 있었나 당신 왔던 시간과 떠난 시간이 입을 다물고 뒷문의 나른함이 활짝 핀 접시꽃처럼 붉다 다음 약속 같은 건 없고

할라피뇨 고추 통통하고 짓푸른 녹색 어떤 맛인가 한입 덥석 씹었지요 입안 가득 퍼지는 매운맛 혓바닥이 따갑고 탁탁 갈라지는 아찔한 맛

뜨거운 닭개장 한 숟가락 떠먹었어요 혓바닥에서 입천장에서 용암이 솟아올랐어요 햇빛 사라진 식탁 위 수저 한 벌 나란히 놓여 있고 꽃병이 멀뚱히 서 있고 마시다 흘린 물이 번질거리고

나일강 투어

한 사흘 밤낮을 당신을 따라 흘렀지요 당신 몸 냄새로 머리카락을 적시고 당신 배 위에서 밥을 먹고 잠을 자고 오줌을 누고 꿈을 꾸었지요 뜨거운 아침 햇살에 손을 적시며 당신 가슴으로 흘렀지요

당신이 둑을 무너뜨리고 범람할 때 나도 굽이치며 범람했지요 시꺼멓게 기름진 땅에 배추를 심고 파도 심고 양들을 기르며 흘렀지요 푸른 풀밭에서 뒹굴고 올리브나무 밑에서 당신 닮은 아이를 낳으며 당신과 흘렀지요

파피루스 우거진 강기슭에서 한 남자가 작은 배를 타고 고기를 잡고 있었지요 곱슬머리 아이가 토속 인형을 팔았지요 태양신 부적을 목에 걸고 주문을 외며 흘렀지요 낯선 남자 팔에 안겨 춤추며 흘렀지요 황금색 태양을 향해 두 팔 벌리고 당신 눈 속으로 흘렀지요

때로 잔잔한 물결 위에서 노래 부를 때 왜 알 수 없는 슬픔이 차올랐을까요 그때 캄캄하게 그믐 달빛이 흘러들고 당신 가슴에 눈물 쏟았을까요 한 사흘은 길고 한 사흘은 짧고 한 사흘은 수천 년이고

제2부

봄날은 간다

여자가 빨래를 한다 노래를 부른다 연분홍 치마가……
후렴구는 강물이 따라 부른다 강물이 불어난다 저 빨래는
어디서부터 떠내려오는 것일까 피 묻은 고쟁이 같은 것이
남자의 찢어진 중의 적삼이 아이의 밑 터진 바지가 떠내
려온다 누가 입었던 것인지 어느 집 옷가지들인지 낯선 빨
래들이 떠내려온다 빨아도 빨아도 줄지 않는 빨래 점점 강
물이 불어난다 노래는 끝나지 않고 여자의 손이 빨라진다
노래가 끝나면 빨래가 끝날까 노래는 어딘가에서 자꾸 새
어 나온다 빨래가 더 많이 떠내려온다 어둑한 골짜기에서
도 떠내려온다 강물이 불어나 여자의 종아리를 휘감는다

해는 산마루에 걸려 있다 강 건너서 여자를 부르는 소
리 들린다 누가 손을 흔들고 있다 손에 새 한 마리 들고 있
다 손짓하는 여자가 물속으로 가라앉는다 새도 가라앉는
다 봄날은 출렁출렁 흘러가는데 여자는 여자를 만나러 간
다 봉숙아! 여자의 이름을 부르면 이름이 떠내려간다 여
자는 이름을 붙잡으러 더 깊이 들어간다 뒤돌아보지 않는
다 강물이 여자의 등 뒤에서 출렁거린다

명암

하필 그때 잠이 쏟아졌을까
냇물을 건너야 하는데 물이 불어나고 있는데
들고 있던 조팝꽃이 분홍 신발 한 짝이
물에 떠내려가는데

한 주먹 돌멩이를 던지고
거머리 헤엄을 치고
물에 떠내려가는데

붉은 지붕이 멀어지고 할머니가 손을 흔들고 대문이 닫히고
엄마는 또 동생을 낳았지

몇 번째 동생인가 죽은 오빠는 몇 번째인가
깜깜 하늘에 별자리를 세어 보고 지우는데
쌍둥이자리에서 동생들이 태어났는데
잠깐 나무 계단에 앉아 졸았는데

동생은 떼를 지어 울고
엄마는 멀어지고

꿈속을 빠져나간 새 한 마리
지붕 위에 앉았다 오동나무 위에 앉았다
날개를 두고 날아갔는데

다락에 숨어 어미 거미를 잡아 죽였다
기어가는 새끼도 손톱으로 꾹꾹 눌렀다
넌 무서운 아이구나

종아리를 맞고 찢어진 색종이 이파리를 붙이는데
어지럽고 미슥미슥 잠이 쏟아지는데
엄마는 계속 죽은 동생들을 낳았는데

물

한때 우리는 시골집 행랑채에 작은 방 하나를 얻어 살았습니다 나는 이런 곳이 싫다고 했습니다 서랍장 교자상 낡은 티비 밥솥 냄비 부루스타…… 살림이 방 하나에 다 있었습니다 교자상은 식탁이 되고 책상이 되었습니다 밥솥에 밥을 안치는 나는 내가 아닙니다 냄비를 닦는 여자는 더더욱 내가 아닙니다 상을 접으면 방은 침실이 되고 손님과 모과차를 마실 땐 카페가 되었습니다 작은 창으로 해가 떠오를 때 일어나고 작은 창으로 해가 질 때 잠이 들었습니다

안주인은 거동이 불편했습니다 대문은 파란색이었습니다 부엌이 딸려 있지 않은 집은 안마당에 수도가 있었습니다 아침 먹은 설거지통을 들고 수돗가에서 놀았습니다 밥그릇 두 개 수저 두 벌을 씻어 놓고 혼자 물장난을 쳤습니다 바가지 가득 물을 받고 쏟고 다시 물을 채우고 버리고 또 채웠습니다 그래도 해는 중천이었고 아침 설거지가 점심 설거지로 이어졌습니다 화단에 핀 한련화가 물속에 피어 있고 나팔꽃도 피었다 졌습니다 종일 해가 지지 않았고 설거지도 끝나지 않았습니다

내 그림자 뒤에 그가 서 있었습니다 “아직도 설거지가 끝나지 않았네 아, 배고파” “벌써 배가 고파요 해가 중천인데 아직 아침 설거지도 끝나지 않았는데……” 허겁지겁 그가 밥을 퍼먹었습니다 손을 씻지도 겉옷을 벗지도 않고 먹었습니다 물을 마시지도 않고 먹었습니다 종일 더위를 먹었나 봐 그의 옆에서 나는 계속 물을 마셨습니다 내 안에 있는 그녀가 물을 받아 마셨습니다 몸 안에서 꾸르렁 소리가 났습니다

배가 풍선처럼 부풀어 올랐습니다 “어쩌다 물을 이렇게 많이 마셨어!” 그가 내 배를 꾹꾹 눌렀습니다 왝왝 푸푸우…… 나는 그의 얼굴에 물을 토했습니다 물을 따라 한 여자가 튀어나왔습니다 저녁의 물고랑을 따라 흘러갔습니다 대문이 활짝 열려 있었습니다

나는 죽었다

무시무시한 개에 물려 죽었고 저수지에 빠져 죽었다
나를 밟고 간 자동차는 오늘도 달린다
흙 속 곰팡이 균이 내 몸에 퍼졌고
그 위에 호박꽃이 피었다

스무 살 때는 다리 아래로 떨어져 죽었다
다리 아래가 낭떠러지인 줄 몰랐다
그가 떠밀었다는 걸 죽고 나서 알았다

천둥이 치고 번개가 번쩍이던 밤
갑자기 한기가 들어 이불을 뒤집어쓰고 죽었다

침대 옆 시계는 째깍거리고 핸드폰은 울다 지치고 터치등은 오래 켜져 있다

어느 화장터로 가야 할지
유골함을 받아들고
배롱나무 이파리에게 가는 길을 물었다
주검을 안고 공원을 몇 바퀴 더 돌았다

어제 받은 택배도
몰래 버리고 온 쓰레기도
죽은 나를 기억하지 못할 것이다

새처럼

모서리와 모서리 사이에서 해가 뜬다
모서리와 모서리 사이에 신기초등학교가 있다

모서리의 한쪽이 검다
모서리의 한쪽이 희다

종일 검은 모서리를 바라보다 흰 모서리를 바라본다 모서리 사이로 달려간다 맑다가 흐려지는 날씨 웃다가 흐려지는 너 모서리와 돌멩이가 조금씩 부서진다

연습 없이도 주먹을 내고 보자기를 내는 게임처럼 생각 없이도 구름이 왔다 간다 가위바위보 가위바위보 출구를 찾을 때까지 모서리 안의 하루는 검다 희다

종이 한 장을 찢어 날린다 운동장을 벗어나는 모서리가 새가 되는 꿈을 꾼다 파랑새가 될까 갈매기가 될까

빈 운동장 너머 부서진 철봉이 있다 은행나무 잎이 날아오른다 끝없이 트랙을 돌고 있는 고양이의 눈동자가 있다

달밤

한 손에는 초승달을 한 손에는 신발을 들고 있는 남자가 바다로 걸어가는 여자를 바라보고 있다 점점 깊은 곳으로 들어가는 여자의 스커트가 젖는다 남자는 초승달을 바다에 건다 여자의 머리가 잠깐 보였다 사라진다 바다 위를 비추는 푸른 안개

남자가 책장을 넘긴다 페이지가 넘어갈 때마다 파도 소리가 난다 멀어지는 바다를 바라보며 여자의 뒷모습을 쫓는다 바다는 유리창 너머에 있다 여자는 유리창 속 바다 위에 떠 있다 초승달을 건진 남자가 바다 밖에 있다

수평선 너머에서 바람이 불어온다 초승달이 파도에 휩쓸려 간다 검은 파도가 부풀어 보름달이 된다 여자는 책장 속에서 잠이 들고 남자는 책 밖에서 밤을 새운다 남자가 페이지를 넘긴다

남자가 보름달을 건져 터트린다 보름달 속에서 바닷물이 쏟아져 나온다 젖은 책장들이 한 장씩 날아간다 들고 있던 신발이 떠내려간다 남자가 바닷속으로 들어간다

저녁에 바이킹

어지럽고 신나고
십오 초 동안 날아오르고 십오 초 동안 눈 감고
안녕, 바이바이

집이 점점 멀어진다
두고 온 말티즈는 어쩌나
밥은 누가 주나 산책은 누가 시키나

엉킨 고무호스 뚜껑 열어 놓은 항아리 빨랫줄에 걸려 있는 분홍 쉐타는 어쩌나
젖었다 말랐다 젖었다 말랐다 어쩌나

나는 날아오르는데 눈알이 빙빙 도는데 쳐다보는 사람들 와와 소리 지르는데
나는 언제 내려갈지 모르고 저녁 약속은 어지럽고
사다 놓은 알타리 두 단 누가 담그나 새우젓도 사러 가야 하는데

풍선과 달빛과 소세지 핫도그에 발라먹은 케첩 소프트 아이스크림은 딱딱하게 흘러내리고 솜사탕이 앞사람 머

리에 달라붙는데 여기는 낮인지 밤인지 정전인지

이 해적들이 나를 붙잡고 있네 두목은 어디 갔나 나는 점점 높이 올라가는데 무섭지 않다던 거짓말이 꿀꺽 넘어가는데 열두 번 죽었다 열세 번 살아나는데 영혼 없는 고깃덩이처럼 흐물흐물

여긴 그냥 공중이 아니야 왠지 공기가 무거워 떠 있는 신발 속인가 봐 나의 애꾸눈 선장은 나를 여기 태워 놓고 어디 갔나

저 흐려지는 불빛을 봐 밤이 사라지고 있어 도시가 침몰하고 있어

손금

썩은 나무를 타고 오르던 풍뎅이가 웅덩이에 떨어졌나 웅덩이 속에서 구름이 자라고 있었나 구름을 타고 올라 밤나무 옆으로 기어갔나 내리친 손바닥에 풍뎅이의 날개가 박혔나 손바닥에서 풍뎅이가 자랐나 내 손금을 갉아먹었나

오동나무 껍질과 껍질 사이에 개미의 길이 있었나 물에 떠내려가던 개미가 나뭇잎을 타고 숲의 가장자리에 닿았나 발등을 기어오르던 개미를 발바닥으로 밟았나 잠깐 까마귀가 울었나 잔금이 빠져나간 손바닥이 거미줄처럼 흔들렸나

이끼의 처음은 이끼였나 햇빛과 바람의 긴 혀가 부드럽게 스쳐 갔나 낮은 그늘 속에서 이끼의 푸른 맨발들이 자라고 있었나 빗방울이 떨어져 발밑으로 스몄나 세상의 막다른 골목으로 기어가던 풍뎅이도 죽고 개미도 죽었나 손금의 처음은

꽃병 하나가 기다리고 있는데

배달된 선물 상자를 흔들어 봐요 탁탁 쳐 봐요 찌그러진 상자를 식탁 위에 놓았다가 책장 위에 놓았다가 방문 앞에 놓아두어요 기분이 좋아질 때까지 컵의 물이 흔들리지 않을 때까지

길고양이에게 안녕이란 말을 하지 못했어요 야옹야옹 담장을 뛰어넘어 어서어서 뛰어올라 같이 갈 곳이 있었는데…… 오늘 꼭 인사를 해야 했어요 내일 또 만나리란 보장이 없잖아요

식빵 가장자리를 뜯어 먹어요 가장자리는 잠깐 꾼 꿈처럼 잘 부서져요 후 불지 않아도 사방으로 흩어져요 긁어모아도 한곳에 집중하지 못해요 길을 가다가 문득 서 있는 나와 닮았어요

갈라진 입술에 약을 바르고 꽃병을 깨뜨리고 가방을 메고 그가 어제의 방을 나가요 금 간 창문이 밭은기침을 해요 곱슬머리 인형이 파란 눈을 뜨고 쳐다봐요 침묵의 목이 길어져요

이름

서정학과 정재학은

각각 시인이다
각각 남자다

서정학은 '앗, 프랑스'를 쓴 시인이고
정재학은 '어머니가 촛불로 밥을 지으신다'를 쓴 시인이다

서 자와 정 자가 헷갈린다
학 자와 학 자가 헷갈린다
재학이와 정학이가 헷갈린다

컴 화면에
정서학이라고 썼다가 서재학이라 쓰기도 한다

동네 빵집은 헷갈리지 않는다 시장 입구 오래된 빵집 모퉁이에 새로 생긴 빵집 명장이 하는 빵집 프랜차이즈 빵집 몇 호점까지 틀리지 않는다 빵 나오는 시간도 정확히 알고 있다 시인 이름은 헷갈려도 빵집 이름은 헷갈리

지 않는 이유는 무엇인가 아무리 어두워도 어느 골목인지
잘 찾아간다 이흥용 빵집과 홍종흔 빵집은 오래돼도 헷갈
리지 않는다

정재학의 어머니는 앗, 프랑스에 가지 않는다
서정학의 어머니는 촛불로 밥을 짓지 않는다

리얼리얼

양파 까며 눈물 찔찔 코 훌쩍 리얼리얼 당근 채 썰고 삶은 당면은 미끄러지고 찜통에 갈비는 부글부글 끓고 명절은 그냥 리얼리얼이야 매운맛도 리얼리얼

유리처럼 확실한 리얼리얼이지 비 오다 바람 불고 이파리들 날리고 이번 추석은 너무 일러 늦장마에 태풍까지 리얼리얼 지붕이 날아가고 가로수가 부러져도 나는 떡을 사야 해 과일을 사고 만능 양념장을 만들어야 해

첫째 동서는 아프고 둘째 동서는 여행 가고 아이들은 학원 가고 나는 약이 올라 참, 혈압약 먹는 걸 잊었네 스멀스멀 징그럽게 종아리를 기어오르는 이것은 뭘까 리얼리얼 두 손은 종일 물속을 헤엄치고 젤 손톱은 떨어질라 유리컵을 떨어뜨리고 손가락을 데고 리얼리얼

단풍나무야 단풍나무야 빨간색이 먼저니 노란색이 먼저니 저 초록 잎이 내년까지 버틸 수 있다면…… “간이 와 이리 싱겁노” 잔소리가 리얼리얼 이번 추석은 25,675번째 추석상 또 차려지는데

멍멍해진 머리통 속에 예술의 전당 베르나르 뷔페전이 어른대는데 남편은 뷔페는 야수파냐 육체파냐 묻는데 리얼리얼 아무튼 뷔페전은 오늘이 마지막이라는데 뷔페는 무슨 뷔페 동그랑땡 호박전 동태전은 앞에서 지글지글 타는데

무대

하얗게, 꺼지지 않는 불빛이에요 밤에도 낮에도 종일 켜 있는, 밤벚꽃이라네요 단 며칠이란 걸 알지요 속아 넘어가려고 자꾸 쳐다보지요

사진을 찍으면 뭐해요 꽃이 지기도 전에 지울 텐데 가지를 잡고 환하게 웃고 있는 당신을, 환하게 내려다보는 저 꽃잎들은 눈동자가 없어요 한나절이 텅 비어 있어요 그래도 웃어요 당신은 속으면서 웃어요

쏟아져요 하얗게, 꽃잎들이 날려요 날려 가요 운동장으로 냇물 위로 누군가의 무덤 위로 모자 위로 회오리바람 속으로

당신은 남아 있지요 가지 하나를 꼭 잡고 당신만 남아 있지요 주변엔 아무도 없어요 웃고 떠들던 관객들이 모두 사라졌나요 장면 하나가 사라졌나요 주인공은 누구였나요

당신, 또 속았군요 입을 헤 벌리고 당했군요 일 년 전에도 삼십 년 전에도 그렇게…… 꽃 속이 허공이란 걸 알면

서도 속고 속아서 살았다고요 변명하지 말아요 살아 있어
서 속은 거잖아요

캄캄해요

가끔 아주 가끔
그가 왔다 가나 봐요
머리칼이 흩어져 있고 베개가 젖어 있기도 하거든요
구두가 있던 자리가 비어 있고요
돌아가는 모퉁이가 선명할 때도 있고요
정해진 시간은 없어요 약속 같은 것도 없고요
그의 뒷모습을 본 적도 없어요

구멍 뚫린 나뭇잎 사이 햇빛이 비쳐 들 때
나팔꽃 덩굴손이 철망을 타고 오를 때
천장 얼룩이 벽 쪽으로 번져 내릴 때
방구석 거미줄을 쓸어 낼 때

눈을 감았다 뜨면
가습기의 물방울이 방 안을 떠다녀요
발꿈치를 들고 걸어요 그가 깰까 봐
하얀 거미가 머릿속을 들락날락해요
거미줄에 가려진 얼굴을 하염없이 들여다봐요

꽉 찬 휴지통을 비워요

찌그러진 귀걸이 뜯어낸 한방 파스 마스크팩 늘어진 콘돔

쓸 만한 게 없어요

빈 휴지통을 들여다봐요

캄캄해요

소풍

툇마루에서 김밥을 싸는 엄마가 보여요 회양목 울타리가 줄지어 있구요 찐 고구마에 김치를 걸쳐 먹는 언니도 보여요 뒷모습만 보이는 엄마는 언제나 뒷모습만 보여요 나는 소풍에서 한 번도 보물을 찾지 못했죠 갈참나무 잎이나 가득 주웠죠 그럴 땐 푸른 이파리들이 굴뚝새처럼 날아올랐죠

아직도 그 보물은 어느 돌멩이 아래에 있을까요 나무껍질 속에 숨어 있을까요 소풍이 끝났는데 아이들은 돌아갔는데 이상하게 붉은빛에 휩싸여 길을 잃었을까요 검은 가지들이 혓바닥을 내밀고 따라오라고 부르는데 무덤 위에서 허연 치맛자락 같은 것이 맴을 도는데

비가 오다 흐리다 다시 비가 와요 학교의 우물을 파는데 글쎄 황금색 구렁이가 나왔대요 삽날에 찍힌 구렁이가 소풍 때마다 비를 부른다고 사람들이 수군거렸어요 김밥 위에 빗방울이 떨어져도 보물은 숨겨지고 빈손으로 서 있는 내게 누군가는 노트 한 권을 수기노 했쇼 날은 어둑어둑해지는데 대문 앞에서 기다리는 엄마는 속이 탈 텐데 우리들의 소풍은 끝나지 않는데

그곳을 떠날 때 소나기가 쏟아졌다

여자가 사진을 보내왔다

지난해 정몽주 묘소에 갔을 때 꺾어 온 풋열매 기억나는지요? 잔디에 미끄러지고 흙탕물에 발이 빠졌던 날이었죠 그 풋열매가 싹을 내고 이렇게 큰 나무가 되고 열매도 주렁주렁입니다 화분에서 싹이 나 텃밭에 옮겨 심었더니 성공했어요 땅꽈리를 아는 사람은 당신과 나 둘뿐 아닐까요

아, 나하고 같이 갔었나요 그곳에 정몽주 묘소가 있었다고요 나는 본 적이 없는데 누가 묘소를 그쪽으로 옮겨 놓았나 자꾸 기억나지 않는 일이 일어나요 혹 다른 사람과 갔던 일을 헷갈린 건 아닌가요 그러고 보니 어느 묘소 옆 카페에서 아메리카노와 카모밀라를 마셨던 것은 생각나요 창문을 기어오르며 피어 있는 노란 수세미꽃과 쪼그맣게 달린 수세미도 생각나고요 그런데 정몽주 묘라니요 당신 이름이 뭐였죠 나랑 같이 가긴 했나요 그때 카페에서 마주 앉아 있었나요 내 기억에 나는 혼자 비를 맞고 걸어왔죠 혹시 당신의 신발이 몽땅 젖어 내 신발을 신고 갔나요 난 그날 이후 맨발로 다니는데 땅을 딛지 않고 사는 날이 많아졌는데

겨울

당신은 몇 시간째 책을 읽는다 한 장도 넘어가지 않는다 창밖으로 눈을 돌린다 야산이 보인다 활엽수들의 우듬지가 흔들린다 마른 나뭇잎이 매달려 있다 당신이 중얼거린다 '봄이 오는 건가' 까치 두 마리가 참나무 가지 사이로 날아간다 탁한 흐름이 붉은 지붕을 맴돌고 있다

당신이 나를 지운다 검지 손가락에 침을 묻혀 지운다 거무스름하다 책장을 넘긴다 나는 넘어가지 않고 지워지지 않고 책장 사이에 끼워져 문장이 된다 당신은 나를 읽다가 덮는다 창밖이 뿌옇다 해는 어디 있을까 누가 카페의 문을 열고 들어온다 빗방울도 없는데 우산을 턴다 안을 휘둘러보고 나간다 그 자리에 남는 저 밍밍함은

당신은 분명 책갈피 안에 살고 있는 나와 오래전에 떠난 나를 혼동하고 있는 것 같다 갈피에 낀 머리카락을 버리듯 나를 버렸다고 생각하는 것 같다 그러나 책을 펼치면 나는 아직 거기 있다 굵은 밑줄로 빨간 매니큐어로 당신의 와이셔츠에 루주 자국으로 남아 있다 훅 불어 버린다 거미줄을 걷어 내듯 얼굴을 쓸어 낸다 눈을 크게 뜬다 '봄이 오는 건가'

제3부

유령

가늘고 긴 손가락이 얼굴을 스치고 간다
몇 뼘쯤 될까
자꾸 자라던 손가락은 누구 손가락이었는지
내 이마를 짚어 보던 그는 누구였는지
어딘가 아파서 침을 맞던 나는 누구였는지
몇 방울 피가 발등에 떨어졌는지

그날
그는
분명
내 오른쪽에서 걸었고
나의 왼손을 잡았고
일요일의 호수공원은 달콤했고

그가 그였고 내가 나였을 때
그 이상한 시간들이 겹쳐질 때
사거리를 지나가는 사람들이 흔들리고
숲을 떠난 떡갈나무들이 사라질 때

나는 어디를 날아다녔는지

소나기

두 사람이 나란히 누워 다른 얘기를 한다
미친 듯 늙어 버린 생일에 대해
구월에 떠난 소풍에 대해
휴지 조각이 된 이혼 서류에 대해

딱 한 번 같이 갔던 공원에서
너는 너를 잃어버리고 나는 나를 잃어버렸다
잊어버린 수없는 그 빨간 요일을 기억하려고
너는 혹은 나는 계속 잠이나 잤다
우리는 티셔츠를 하나씩 나눠 가졌다
일만 번째 헤어짐을 위해

그리고 우리는 우리의 집을 지키던 누렁이의 안부를 물었다
흉흉한 소문을 따라가면 막다른 골목이 있고 골목을 따라가면 처마가 내려앉은 붉은 기와집이 있고 뽀얀 마당을 따라가면 누렁이가 파 놓은 구덩이가 있고 구덩이 안에는 누렁이의 울음소리가 있고 꼭꼭 숨어라 살았니 죽었니?

했던 얘기를 왜 자꾸 하니?

누가 먼저 시작했니?

살구나무는 창문에게 묻고 가죽나무는 낮달에게 묻고 그네는 운동장에게 묻고 옥상은 흔들리는 빨랫줄에게 묻고

그림자를 쓸어 내며 누군가 헛기침을 한다 고장 난 시계가 돌아간다 새장 안에 살던 새가 살구만 한 똥을 떨어뜨리고 휙 날아간다

두 사람이 비 쏟아지는 소리를 듣는다

인생

잃어버렸던 양말 한 짝을 찾았다
길이와 색깔이 맞다
양쪽 사이즈가 같다

몇 달 만에 찾은 한 짝은 왜
달라 보이는 것일까
여름 양말을 겨울에 찾아서일까

분명 감색 양복과 어울리던 당신의 회색 양말인데
처음부터 꼭 맞는 양말이 아니었나

당신이 좋아한 건
흰색에 검은 줄무늬였나
파랑과 노랑이 섞인 스누피 그림이었나

구멍 나지 않아도 버려지는 왼쪽 버려지는 오른쪽

혼자 돌돌 말려 있다가
서랍 구석에 끼어 있다가
멀쩡한 한쪽들이 의류 수거함에 뒤섞여 있다

양말 공장에선 늘 새로운 스타일의 양말들이 나온다
짝이 맞지 않는 양말을 신은 사람들이
지하철을 탄다 탄다 버스를 탄다

나는 또 새로운 양말을 찾아
양말 가게 앞을 서성인다
한 짝만 신고

긴가민가해서

뉴질랜드를 다녀와서 네덜란드를 얘기한다
신나게 얘기하고 나중에 헷갈린다
여름에 갔다 와서 겨울을 얘기한다
신나게 헷갈린다
두고 온 가방은 잘 있는지
가방 속의 운동화는 혼자 화산섬으로 걸어 들어갔는지
썬크림은 검은 모자는

선상에서 먹은 게의 집게발이 입술을 물고 달아나는 꿈을 꾸었다
아는 얼굴이 구름에 가려 있었다
구름이 사라질 때쯤 입술이 살아났다
분명 옆에 있던 사람인데 누구였지
왜 처음 보는 얼굴 같았을까 분명 옆에 있었는데

꿈속에선 화면이 자주 바뀌고 등장인물은 무표정했다
잡생각은 꼬리를 잘려도 또 자라나는 도마뱀을 닮았다

뉴질랜드엔 원시림이 그대로 있어서
네덜란드엔 풍차가 돌아가고 있어서

여행객이 북적이고 셔터를 눌러 대는데
누구였지 누구였지?
혼잣말이 둥둥 떠다닌다

다음엔 꼭 네덜란드에 가야지
갔다 와서 더 자세하게 뉴질랜드를 헷갈려야지
신나게 헷갈려야지
가방은 찾아오고 너는 두고 와야지

얼룩덜룩

우산살이 부러졌을 때
우린 어디 있었지
우산 하나로 비를 다 가릴 수 없을 때
우린 어디 있었지
눈썹에서 양말까지 흠뻑 젖었을 때
우린 어디 있었지

비가 그치고 다시 비가 내릴 때
두고 온 우산은 어디로 갔지
젖은 은행잎 몇 장은 어디로 갔지
벤치는 어디로 갔지
바람에 뒤집힌 꽃들은 어디로 갔지

질문은 왜 찢어진 우산 속에서 시작됐을까

네가 그랬지
네가 그랬잖아
네 얼굴은 안 보이고
놀이터만 보이고 혼자 흔들리는 그네만 보이고 숲에 가려진 빨간 집만 보이고 너는 안 보였잖아

맴맴 멀미

염소를 기른 적이 없습니다 염소 고집을 부린 적도 없습니다 뒤집은 양말 다시 뒤집고 티셔츠 속으로 머리통을 슬쩍 감추는 당신 솔기의 보풀을 잡아당겼다 풀어 버리는 당신 서랍은 오래전 당신을 버렸습니다 염소를 따라간 마을에서 다른 뿔로 살고 있는 당신 고추 먹고 맴맴 달래 먹고 맴맴, 맴맴 맴돌다 가면을 잃어버린 당신 북두칠성 뒤에 숨어도 옷자락이 보이는 당신 새벽별을 잠재우고 꼭꼭 숨었다고 믿는 당신 술래는 아직 어린 술래라고 염소 울음 우는 당신 달아나다 달아나다 제 엉덩이를 들이받는 당신 말뚝을 잃어버리고 울타리 밖을 서성이는 참 어여쁜 당신 고추 먹고 달래 먹고 수십 년째 제자리를 도는 당신 염소 고집을 부리다 뿔이 잘려 버린 당신 땅을 파고 제 울음 파묻는 참 어여쁜 당신, 맴맴 당신

엄마의 구름

엄마는 구름을 이고 걷는다 구름은 엄마의 다라이 안에서 뭉글뭉글 피어오른다 구름떡 바람떡 쑥개떡…… 지하도 입구에 쪼그려 앉은 엄마 잠깐잠깐 조는 엄마 단속반에 걷어차이는 엄마

한 봉지 한 봉지 팔려 나가는 구름 어두울 때 옆에 있어 주는 구름 해 지면 빈 다라이에 담겨 돌아오는 구름

쫓겨 갔다 그 자리로 돌아오는 엄마 김밥 한 개 쑤셔 넣는 엄마 물도 없이 꿀꺽 삼키는 엄마 짧게 눈을 감았다 뜨는 엄마

골목골목 돌아가며 종종걸음 치는 구름 엄마 옆에 꾸부리고 잠을 자는 구름 엄마의 꿈속을 부풀리는 구름 사기꾼의 얼굴을 알고 있는 구름

꾸깃꾸깃 접힌 돈 침 발라 세는 엄마 퉁퉁 부은 다리 주무르는 엄마 눕자마자 코를 고는 엄마 코를 고는 구름

지각

바람의 방향이 바뀐다
반바지에 고무신을 신고 둑방 길을 달린다
주황색 하늘이 갈대밭 너머로 사라진다
천둥 치고 대낮이 동굴처럼 어두워진다
신갈나무 아래 숨어 있다
이파리 흔들리고 귀신 소리 들린다
트럭이 돌멩이를 튕기며 달린다
금 간 거울을 들여다본다
등 돌리고 가면 놀이 하는 네가 있다
낮잠 자다 일어나, 헛것처럼
죽은 채 발견된 나를 찾으러
채석장 너머로 간다

너, 그쪽에서 오지 않았니?
학교는 반대쪽에 있잖아

얼룩

TV 속 얼룩말이 초원을 걷는다
긴 목을 올렸다 내렸다 느릿느릿 여유롭다

사자와 코뿔소 표범과 하이에나 사이
긴 모가지가 아름답고 위험하다

엉덩이를 흔들지 않아도 얼룩무늬는 흔들린다
그는 키보다 더 높은 곳에 가시나무 잎을 먹고 있다
웅덩이들은 거짓말처럼 사라지고
굵주림이 회오리친다

그가 망연히 바라보던 곳은 어디일까
모래바람이 인다
언제든 그는 사자에게 쫓기고 먹혀도
울음소리 하나 들리지 않는다

몸이 먹힌 자리에 자루처럼
끝까지 얼룩무늬는 남아 있다

흰 블라우스에 쏟긴 커피처럼

기린 같은 얼룩말 같은

모가지가 긴

한 무리가 초원을 달려간다

김밥을 앞에 놓고

나무젓가락을 쪼개는 일
김밥을 다 먹고 나무젓가락을 하나씩 부러뜨리는 일,
오늘의 일, 한 끼의 일

단무지 당근 시금치 빼고 오이 햄 우엉 계란
야채를 덜 넣거나 더 넣어도
날씨는 왜 달라지지 않는가

졸고 있는 나를 빼고 김밥을 말고 싶은데
내가 살아 있어도 죽어 있어도
어린이대공원은 북적일까

속이 터진 너를 뺀다
기왕에 너는 우엉도 아니고 단무지도 아니고 타 버린 지
단도 아니었다
급히 먹어 치우거나 둘둘 말아 휴지통에 버리고 싶은데

단풍나무 아래서
김밥 두 개 한꺼번에 입에 넣고 우물우물 넘기는데
컥컥 목이 메고

눈물이 찔끔 나는가

햇빛은 왜 온통 저리 눈부신가

귀신의 집

그렇게 함부로 나갔다 마음대로 들어오는 곳이 집인가요 언제부터 내가 당신의 집이었나요 무슨 말씀 우길 게 따로 있지 본적지를 살펴봐요 당신과 내가 태어난 곳은 다른 곳 우린 낯선 곳에서 온 행성들이죠

꺼진 가스 불 위에서 끓어넘치는 빨래 그 속에 당신 속옷은 없다니까요 장롱 밑에서 끌려 나온 먼지 언제 저 밑으로 밀어 넣었지 햇볕이 들지 않아서 바람이 통하지 않아서 거기서 십수 년이 흘렀죠

소나기 퍼붓듯 갑자기 들이닥치면 문짝이 부서져요 부서진 문짝은 계절 없이 날씨와 상관없이 귀퉁이가 맞지 않아요 문짝 뒤에 숨은 나의 아름다운 다리를 다칠지도 몰라요 어쩌시려고요 남은 인생 업고 다닐 준비가 된 건가요

밖이 시끄러워지면 꿈이 사나워져요 당신 너무 멀리 갔거든요 머리맡에 태엽이 끊어진 시계가 있지요 내가 죽은지 오래됐나 봐요

언덕에 불타 버린 자두나무 한 그루 보이지요 검은 이

파리들이 제멋대로 흔들리지요 하하하 호호호 흐흐흐 흑
흑흑

한 정류장

멈췄던 버스가 떠나려 할 때 뒤에 섰던 남자가 급하게 나를 밀치고 내린다 나도 떠밀려 내린다 버스는 사정없이 떠난다 스톱 스톱! 버스를 따라 뛴다 휘파람을 불며 골목으로 사라지는 남자 뒤에다 침을 탁 뱉는다 재수 없어!

정류장 나무 의자에 앉아 다음 버스를 기다린다 사람들이 떠난 재개발 지역으로 가는 버스는 꼭 제시간에 오지 않는다 앉았다 일어섰다 발을 동동 기다릴까 걸어갈까 걸어갈까 기다릴까 그까짓 한 정류장 그래도 기다린 시간이 아까운데 아니 걸어가는 게 빠를지도 몰라 버스가 금방 올지도 몰라

가로등에 불이 들어오고 아파트 창문에 하나둘 불이 켜진다 노란 꽃들이 불빛에 떠밀려 간다 낮에도 저런 꽃들이 지나갔다

앞으로 걸어가는데 뒤로 걷는 것 같다 의자와 책상 자전거를 실은 작은 이삿짐 트럭이 지나간다 대충 묶은 의자가 떨어질 것 같다 매달려 가는 저 의자는 다른 곳에서 삐걱거릴 것이다 빵빠앙 버스가 서지 않고 달려간다 바

람이 플래카드를 찢을 듯 불어 댄다 실투자금 구천 월 백
만원 보장

그 모든 두 시간

배고픈 들개 무리가 포위망을 좁힌다 검정 들소 어미가 두 시간 전에 태어난 새끼의 털을 핥아 주고 있다 달려드는 들개들에게 새끼를 빼앗긴다 어미가 들개 떼를 쫓는다 들개들이 질질 새끼를 끌고 간다 물어뜯는다

이 식빵은 너무 부드러워 이빨 사이에 끼지도 않아 부스러기조차 남지 않아 찢어 먹는 식빵은 다신 사지 말아야지

들개들이 새끼의 내장을 파먹고 있다 어미가 뒤돌아본다

두 시간밖에 못 잤다고?
두 시간은 이빨 자국도 없이 사라진 새끼 소의 시간 악착같이 달려들던 들개들의 시간 두 시간만 자고 나오는 모텔의 시간 들숨과 날숨이 겹치는 시간 그 안에 도착해야 소생할 수 있는 환자의 시간

물웅덩이를 지나 수 세기를 지나 초원으로 가는 어미

국수를 삶는 일

끓는 물에 국수 한 움큼 집어넣고 끓어오르기를 기다립니다
부글부글 거품이 올라옵니다
거품은 산을 이루다가 안개를 만들다가 탑을 쌓습니다
그 위에 찬물을 한 국자 끼얹습니다
끓어오르던 산이 끓어오르던 탑이 스르르 무너집니다
안개가 사라집니다
잠시 말갛습니다
속이 다 보입니다
거품 속에서 가느다란 국수 가락 같은 세상이 일렁입니다
뻣뻣하던 것이 말랑말랑 흐느적흐느적 엉켜 돌아가는 곳
거품 속 세상입니다

창문 밖 보리수나무 열매가 붉게 익어 갑니다
막, 네트를 넘은 테니스공이 허구렁으로 날아갑니다

부글부글 다시 거품이 끓어오르다 사라집니다

졸피뎀

너, 어느 여행지에서 따라와 밤마다 내 잠을 쪼아 먹니 부엉부엉 노랗게 눈을 뜨고 노란 잠을 나눠 주니 부엉부엉 네가 살던 자작나무 숲에서는 하얗게 눈을 뜨고 날아다니며 잤니 부엉부엉 여기서는 왜 잠이 안 오니 눈을 깜빡거릴 줄도 모르는 너, 졸피뎀 한 알 줄까 너의 치사량은 몇 개니 부엉부엉 네 잠 속으로 들어가 잠을 들여다본 적 있니 밤에 날아다니는 일은 잠 바깥의 일이니 굴속 두더지를 잡는 일은 잠 안쪽의 일이니 부엉부엉 나는 밤새도록 벌겋게 눈을 뜨고 네 잠을 지켜본다 몰래 네 잠을 훔치고 싶어 어서 그 눈을 감아 부엉부엉

스노우 헤븐

눈축제를 보러 갔습니다 밤중이었고 사방이 환했습니다 걸어온 길이 눈 속으로 사라졌습니다 허허벌판이 나를 가뒀습니다 누군가 쌓인 눈을 실어다 강변에 버립니다 눈은 계속 내리고 쌓이고 버려집니다 강둑이 높아졌습니다 저 눈도 여름에는 녹을까요 눈의 나라에는 지붕의 경계가 없습니다 살진 갈매기 우는 소리가 눈벌판을 지나갑니다 갈매기에게 먹이를 던져 주다 끼루룩끼루룩 갈매기 울음을 울다 눈 속으로 들어갔습니다

목에 호스를 끼고 누워 있던 그의 얼굴이 눈 속에 묻혀 있습니다 매달려 있던 소변 줄도 눈 속으로 사라졌습니다 나를 알아보지 못하는 그의 눈동자에 눈이 꽉 차 있습니다 그의 가방을 끌어안고 눈 덮인 무덤을 돌았습니다 눈바람이 오른쪽 가르마를 왼쪽으로 옮겨 놓습니다 오후 세 시인데 해가 보이지 않았습니다 돌아가는 길이 더 미끄럽습니다

제4부

여기는 어딘가요

삼 층짜리 목조건물이다 계단으로 연결된 방들이 여럿이다 계단 밑에 방 계단 밑에 방 지하로 내려가는 창문 옆에 원숭이 가면이 쌓여 있다 어떤 방은 노을이고 어떤 방은 겨울이다 당신 방 앞에선 고개를 숙이고 걷는다 열린 문틈으로 그림 한 점이 보인다 그림 속 거미가 기어 나와 벽을 오르고 있다 소파에 누워 있는 당신 얼굴 반쪽이 거미줄에 감겨 있다 고장 난 시계의 숫자들이 당신 바깥으로 흘러간다 화장대 위에 두 개의 촛불이 켜져 있다 거울 속 그림자가 까맣게 겹쳐진다 새벽까지 방과 방을 건너오고 건너간다 낯익은 목소리가 가까워지다 멀어진다 까마귀들이 층층나무 위로 날아오른다 한 남자가 저수지에서 썩은 물고기를 건져 올린다

여러 명의 내가 한 명의 나를 따라와

두들겨 패고 주먹을 날리고 머리채를 잡아당긴다

어제 벚나무 뒤에서 누굴 만났느냐고
혼자 엉엉 울던 이유가 무엇이었냐고
한 달 동안 어디 숨어 살았느냐고

여러 명의 내가 한 명의 나를 잡아끌고
소머리국밥집으로 간다
먹기 싫다는 머릿고기를 입속에 처넣으라 한다
질겅질겅 씹으라고 뱉지 말고 삼키라고

여러 명의 내가 한 명의 나를 데리고
천 길 낭떠러지로 간다 등을 떠민다
어디 떨어지려면 떨어져 보라고 눈 감고 뛰어내리라고
외나무다리를 흔들며 건너라고 건너가 보라고

옆구리에서 한 명 엉덩이에서 한 명 가슴속에서 한 명
나와 똑같이 생긴 것들이 나를 빠져나간다
흐물흐물 사라진다

몇은 왔던 길로 다시 가고
몇은 한 번도 가지 않은 길로 가고
또 몇은 갈랫길 앞에서 우왕좌왕한다

꿈속에선

왜 숨이 차도록 따라가도 제자리에 서 있는가 높은 나무에서 떨어져도 다리가 부러지지 않는가 떨어져도 떨어져도 왜 바닥이 없는가 나비가 되어 나비를 잡으러 날아봐도 나비는 날아만 가는가 당신은 신발도 없이 훌쩍 유리 담장을 넘어가는가

왜 사랑한다는 말이 죽고 싶다는 말로 들리는가 낮에 마트에서 본 애기 엄마가 내게 빚 갚으라고 새벽까지 따라오는가 경찰은 왜 불법체류자라고 호루라기를 불며 쫓아오는가 그런데 왜 나는 도망치기만 하는가 깨어나지 못하고 잠 속으로 잠 속으로 가라앉는가 그렇게 흘러가면 어디까지 가는가

왜 당신은 뻗은 팔 저편으로 멀어져만 가는가 가시나무숲을 들락거리는 나를 한밤중 귀신을 따라가는 나를 왜 아무도 붙잡지 않는가 당신은 언제나 어제 죽은 사람처럼 조용히 빠져나가기만 하는가

수요일

누군가의 장례식에 가서 울었습니다
눈이 부어오르도록 울었습니다
침을 흘리며
무덤까지 따라갈 것같이
먹지도 않고
말리면 말릴수록 더 크게
코를 풀어 가며
휴지를 더 달라고 하며
부의금도 없이 와서
언제 죽었는지
여자인지 남자인지도 모르고
그만 돌아가라고 해도 팔을 뿌리치며
울음이 울음을 끌고 와
똥구멍이 들썩거리도록
온몸의 구멍이 다 열리도록
영정 사진 속 그가 걸어 나와
뺨을 후려칠 때까지
울었습니다

당신과 신호등

신호를 기다리는 동안 당신의 스테이크가 숙성된다 시뻘겋게 시뻘겋게 당신의 스테이크가 상투적으로 익어 간다 당신의 스테이크가 당신에게 도착하기 전 파란불이 오지 않는다 당신의 스테이크가 검은 구름을 닮아 간다

사거리와 신호등 사이에 당신의 애인이 있다 그림자와 함께 있다 생각난 듯 당신은 애인의 이름을 부른다 한 번도 본 적 없는 얼굴이다 애인은 당신의 꿈속에서 철없이 뛰어놀고 자랐다 꿈속은 햇빛이 없다 애인의 손에 빈 바구니가 들려 있다

풀밭 없이 가두고 키운 스테이크는 구워도 질기고 썩어도 질기고 육즙도 질기죠 우리 스테이크는 상등품이에요 절대 비싼 게 아니에요…… 검은 포장 속 스테이크는 갈라지고 딱딱하다 사거리 정육점은 언제나 줄이 길다 고기 맛으로 승부한다

건너가는 길은 어둠에 잠기고 나뭇잎 몇 장 바람에 날리고 당신은 여전히 당신의 질긴 스테이크, 금방이라도 울 것 같은 시뻘건 스테이크…… 꿈꾸며 헤매며 흘러가는

훨훨

벽지 속 나비 한 마리 날개를 펴고 날아가는 저녁이었을 거야 해가 빌딩 사이를 빠져나가고 있었을 거야 훨훨 날고 있는 나비를 따라가고 싶었을 거야 거실을 몇 바퀴 돌던 나비가 소파에 앉았다 다시 날다 유리창에 부딪혔을 거야 단숨에 바닥에 떨어졌을 거야 부러진 날개로 퍼덕였을 거야 잠시 꼼짝 않고 앉아 있었을 거야 어둠이 스며드는 집 안 바닥인지 공중인지 분간할 수 없는 어떤 순간이었을 거야 어질어질 나비가 다시 날기 시작했을 거야 캄캄한 방으로 날아 들어갔을 거야 침대 모서리에 앉았다 꽃이불 위에 앉았을 거야 베란다에 제라늄이 활짝 피어 있었을 거야 나 그 집에 살았던 적 있었을 거야 그 꽃이불 덮고 희희낙락했었을 거야 며칠 죽어 있기도 했었을 거야 훨훨 날아가려고 버둥거렸을 거야 발가락에 피멍 들고 그 발톱에 빨간 매니큐어 칠했을 거야 빨간색이 다 지워질 때쯤 여름이 지나갔을 거야

졸음

쉐타의 보푸라기를 떼거나 풀린 올을 잡아당길 때
한쪽 다리를 든 발레리나 인형 앞에
너는 있다

식탁에 턱을 괴고 나를 바라본다 너는
내가 밥 한 숟가락 입에 넣을 때
목구멍 속으로 슬며시 빨려 들어간다

마시다 남은 우유 잔에
너의 눈동자가 가득하다

벽이 휘어진다 꽃병에 꽃이 흔들린다

입술 자국 그림자 염증…… 아들 생일 공휴일 입춘 동그라미
외우고 있던 단어들이 하나씩 사라진다

망치의 거친 손바닥으로 세게 맞은 듯
손가락 하나 움직일 수 없다

나를 통째로 삼키고 우물거린다, 너는
빈 자루처럼 쭈그러진다

근황

어제 꿈속에선 죽은 나무처럼 서 있더군요, 당신
죽은 나무에서 꽃 피는 걸 보고 있었다고요

찢어 버린 사진 속에서 오래된 사람이더군요, 당신
어깨 위에 둥지를 튼 휘파람새를 따라갔었다고요

돌멩이 하나를 만나고 돌멩이에 얻어맞고 그 돌멩이를 주워
강물에 던져 버렸다고요

다친 다리를 끌고 계단 꼭대기까지 올라갔었다고요
부은 발등을 내려다보았다고요
죽은 나무가 당신 뒤에서 그늘을 만들고 있었다고요

당신을 잃어버린 강아지가 이 골목 저 골목 돌아다니고 있더군요
하얀 털 까만 발 커다란 눈망울 줄무늬 티셔츠를 입은
이런 강아지를 본 사람은 연락 바란다고요

개와 주인의 주소는 같다고요

주소 같은 건 처음부터 없었다고요

처음부터 돌아갈 곳이 없었던 사람이군요, 당신

펑!

소리가 났을 뿐인데 귀를 막고 있었을 뿐인데 한 주먹 뻥튀기를 먹었을 뿐인데 잠깐 눈을 감았다 떴을 뿐인데⋯⋯ 주변이 온통 하얬다 엄마는 어디 있지 한복집 앞에서 분홍 치마저고리를 바라보던 엄마는 어디로 갔지 장터 뒤로 길게 해가 지는데 뻥튀기 아저씨가 사라지고 없는데 집 주소가 생각나지 않는데 엄마 이름도 생각나지 않는데 여기가 어디쯤인지 아무나 붙잡고 엄마 간 곳을 물었는데 아는 사람은 아무도 없는데 나는 버스를 따라 계속 걸어가고 가로수들은 뒤로 가고 있었는데 어둠이 발목을 휘감아 더 걸을 수 없었는데 펑! 소리가 나를 삼켰다 뱉었는데 날개를 털며 까마귀들이 날아올랐는데

알파미용실

알파미용실을 찾아가자 긴 머리를 싹둑 자르러 가자 묻지도 따지지도 않고 원장님 마음대로 잘라 주는 곳 바람머리 구름머리 불탄머리…… 볶음밥이 되든 주먹밥이 되든

그때 나는 지하철을 타고 졸았던가 옆에 앉았던 사람 바뀌고 바뀌고 흘린 침을 닦다가 신길역에서 내렸던가 3번 출구를 찾아 표를 내고 지상으로 나갔던가 고가 사다리 끝에 뭉게구름이 걸렸던가 길고양이 한 마리 계단 밑으로 숨고 털 빠진 누렁개 어슬렁거렸던가 건물 사이 목조 계단을 올라갔던가 오토바이 소음에 흠뻑 젖었던가 5614번 버스를 타고 롯데관악점에서 내렸던가 SK주유소에 바람풍선이 벌떡 일어섰던가 주유소 담장을 따라 길게 걸어갔던가 두 갈래 골목에서 헷갈렸던가 왜 길은 언제나 왼쪽이던가 오른쪽이던가 손바닥만 한 화단에 핀 채송화 분꽃 백일홍 속에 옥순이가 있고 영자도 있고 어젯밤 꿈에 본 순분이 어매도 파마를 하고 있었던가 이름도 아슴한 영근 아재가 아직도 입술 붉은 미용실 아가씨를 기다리며 어른거렸던가 꿈속이었던가…… 미용실 유리창에 햇빛 가득했던가

마술레 마을에서는

앞집 지붕이 뒷집 마당이 되기도 옆집 마당이 아랫집 지붕이 되기도 마당이 지붕이고 지붕이 마당이 되기도 지붕이 길이 되기도 지붕을 따라 걸으면 지붕 위의 산책이기도 옆집 사람을 만나면 지붕 위의 대화이기도 아랫집 마당으로 구름이 흘러가기도 앞집 바람이 뒷집 마당을 돌아 나오기도 마을을 돌던 햇빛이 굴뚝을 타고 내려가기도 뒷집 개가 옆집 마당에서 자고 나오기도 아랫집 굴뚝이 지나가는 사람들의 의자가 되기도 굴뚝들이 의자들이 산책들이 지붕으로 이어지는 계단이기도

지붕은 중심을 벗어났다 기울어진 지붕을 타고 빗물이 샜다 마당에 냄비가 굴러다니고 플라스틱 바가지가 박살 났다 나무 사다리를 타고 날아가는 꿈을 꾸었다 지붕에 올라가 흙먼지 날리며 달리는 버스를 바라보았다 색종이 오려 붙인 창문으로 해가 지고 있었다 해를 따라 산 너머로 무작정 달려가다 어둠에 갇히기도 했다 울타리 밑에서 엄마가 소리 없이 울고 있었다 느티나무 그림자가 다리 절며 쫓아왔다 할아버지를 싣고 언덕 넘어가는 상엿소리가 들리기도 했다 날아가는 지붕에 매달린 아버지가 떨어졌다 지붕이 날아가고 식구들이 뿔뿔이 흩어졌다 스케치북

가득 지붕을 그려 넣었다

사과의 창문은 사과만 하다

말랐다 젖었다 전하는 일기예보
트럭 아저씨가 비에 젖은 사과를 팔고 있다
멍든 사과를 골라 썩은 곳을 도려낸다

우울해
살기 싫어!
어제 한 얘기 반복한다
작년에 한 얘기 반복한다
웃고 있는 사진을 떼어 내고 고장 난 시계를 걸어 놓는다

알래스카에 가야겠어
거긴 지나치게 아름답지

네 맘대로 해
장마에 휘말리며 살든
물살에 떠내려가다 죽든
열 시에 죽었다가 열 시에 살아나든

빗줄기가 창문을 박살 낸다
사과 속 사과가 짓무른다

햇빛 없는 하루가 말짱하다

지옥계곡 앞에서

여섯 신데 여긴 아홉 시 같다
지옥 문지기가 잘생겼다
유황천이 펄떡펄떡 끓어오르고 눈보라가 흩날린다
연기와 사람들이 뒤엉켜 걸어가고 있다

"우리 언제 헤어졌지?"

날짜 같은 건 묻지 말라고
네 얼굴이 생각나지 않아
그러니까 혼자 쏘다니지 마

불안한 내면은
흘러들어오는 곳도 흘러나가는 곳도 없어
주기적으로 터지고 간헐적으로 불타오를 뿐이지
네 발밑에 불구덩이가 있다고 생각해 봐

네가 두고 간 안경은 잘 닦아 놓을게
서둘러 돌아오지 않아도 돼
나 혼자 구운 감자에 버터를 발라 먹으며 기다릴게

곰과 사람이 같이 살았던 때

누가 곰이었는지 누가 사람이었는지

기억해 봐

자꾸 흔들리지 말고

극장은 흰 건물이었고

4층이었고 회전문은 아니었고 오른손이 슬쩍 번호표를 뽑았고 팝콘을 살까 말까 결국 말까로 결정했고 냄새로 머릿속이 가득 찼고 왜 팝콘 봉지는 저렇게 클까 누가 다 먹나 중얼중얼 화장실로 가고 줄을 서고 아는 얼굴이 있나 두리번두리번 왜 극장은 나갈 때보다 들어올 때 공기가 차가울까 늦게 들어온 젊은 남자가 좌석을 확인하며 내게 좌석 번호를 내밀고 나는 옆자리로 비켜 앉고 관객도 없는데 아무 데나 앉으면 안 되나 투덜거리고 사막에서 남녀가 뒹구는 예고편에 빠져들고 다음에 꼭 봐야지 그러나 다음엔 또 다음 일이 생기고 극장은 잊어버리고 오늘은 오늘의 영화를

부룩부룩 몇 번 핸폰이 진저리 치고 슬쩍 들여다보니 광고와 광고 사이 선물이 팡팡 터지고 앞자리 여자는 사탕을 먹는지 부시럭대고 괜히 목이 마르고 무얼 떨어뜨렸나 의자 밑 어둠 속에 머리를 디밀고 떨어뜨린 것도 없는데 다리를 벌리고 무얼 찾고 옆의 남자는 계속 팝콘을 먹고 나는 두 시간째 껌을 씹고 영화는 끝나고 폭력을 휘두르던 주인공도 끝나고 팝콘도 끝나고 봉지도 끝나고 계단을 내려오며 구겨진 봉지를 콱콱 밟는데 영화 제목이 뭐였더라

뭐였더라…… 젠장! 팝콘이라도 같이 먹자 할 늑대 한 마리도 없었고 밖엔 억수같이 비만 쏟아지고

화이트 아웃

이쪽에 내리는 눈이 저쪽에도 내린다 느티나무 위에 눈이 떡갈나무 위에도 있다 헤어진 아버지의 소식이 오다 파묻힌다 바람이 휘몰아친다 이곳 추위는 얼어붙은 눈썹에서 시작된다 눈은 육각형이지? 네 말이 다 맞는 건 아니지만 틀린 것도 아니지 이런 날씨엔 슬픔의 눈동자가 뚜렷하지 않아 너의 부은 얼굴도 자세히 보기 어렵지 가까이 듣는 소문도 희미하지 차고 뾰족한 어떤 것이 뺨을 후려치고 간다 눈물을 닦으며 너는 우긴다 왜 아버지가 떠난 쪽을 꼭 서쪽이라고 해야 하니? 가끔 느티나무 쪽으로 걸어가는 걸 본 것도 같아 서쪽으로 갔어도 동쪽에서 올 수도 있지 우리가 아버지를 찾으러 반대 방향으로 갔는데 이렇게 만났잖아 하룻밤 눈벌판을 헤매다 돌아오면 이 자리에 아버지가 있을까

어둠 속의 풍경들

고봉준(문학평론가)

최동은 시의 화자들은 일상 밀착형 인간들이다. 그녀의 화자들은 "양파 까며 눈물 찔찔" 흘리거나(「리얼리얼」) 김밥을 앞에 놓고 "나무젓가락을 쪼개는 일"에(「김밥을 앞에 놓고」) 몰두하는 등 지극히 일상적인 모습으로 등장한다. 그녀들의 일상사는 이것만이 아니다. 늦은 시간에 놀이공원에서 '바이킹'을 타기도 하고(「저녁에 바이킹」), 버스에서는 낯선 남자에게 떠밀려 자신의 의지와 상관없이 "한 정류장" 전에 하차해 성질을 내기도 하며(「한 정류장」), "TV 속 얼룩말이 초원을 걷는" 장면을 시청하고(「얼룩」), 영화를 보기 위해 찾은 극장에서는 "팝콘을 살까 말까 결국 말까로 결정"하는 상투적인 장면을 연출하고(「극장은 흰 건물이었고」), "KTX 역방향 자리"에 앉아 '문상(問喪)'을 가기도 한다(「비」). 이러한 일상적 세계의 노출은 다분히 의도적인 것으로 추측된다. 왜 시인은 일상의 사소한 장면들을 전면에 내세우고 있는 것일까? 한때 트리비얼리즘(trivialism)이라는 개념이 유행한 적이 있다. '진부한'이라는 뜻의 라틴어 'triviális'에서 유래한 이 말은 평범하고 통속적이며 지나치게 자세하고 진부한 묘사를 가리키는 것으로, 거창한 주제를 선호하는 순분학주의에 대한 포스트모더니즘 소설의 저항 방식으로 사용되었다. 그러나 최동은의 시가 '일상'을 강조하는 이유는 그것과 전혀 다르다. 실제로 일상의 사소한 장면들을 전면화하고 있는 그의 작품들은 그 이면에 또 다른 장치를 감추고 있는 경우가 대부분이기 때문이다. 「일 분 미리 보기」를 살펴보자.

사막에 건기가 시작된다 코끼리 떼가 오래 걸어 물을 찾아간다 어미는 새끼를 다리 사이에 넣고 걷는다 사자 무리가 바짝 따라온다 건기에는 울음소리도 날카롭다 사막은 달아오르고 사자의 눈빛은 뜨겁다 새끼가 어미 다리를 빠져나간다 사자가 달린다 모래바람이 인다 우 우…… 미가입 채널입니다

황금 실은 마차가 달린다 총잡이가 따라온다 채찍을 휘두른다 채찍을 맞고 달리는 말들이 길을 벗어난다 마차가 굴러떨어진다 굴러떨어진 마차를 향해 총잡이가 달린다 총잡이의 총구가 도망가는 말을 겨눈다 히이힝히힝…… 미가입 채널입니다

채널을 계속 돌린다 일 분은 길다 일 분은 짧다

아이스크림을 핥아먹는 혓바닥 뜨거운 입김 차가운 키스
남녀는 포옹하고 등을 돌린다 여자가 안개 속으로 걸어간다
박쥐가 날고 숲이 사라지고 일 분은 키스 일 분은 포옹……
미가입 채널입니다

내 죽음도 일 분 미리 보여 주면 안 되나
입을 벌리고 죽었는지 두 눈은 다 감고 죽었는지 머리는
산발인지 두 발은 묶여 있는지 콧구멍에 줄을 달고 죽었는
지 옆에서 누구누구 울고 있는지 하얀빛은 어디에서 오는지
진짜 칠흑 속으로 걸어가는지…… 잠깐 가스 불 끄러 돌아
올 수도 있는지

—「일 분 미리 보기」 전문

"일 분 미리 보기"는 케이블 채널이 소비자의 구매 욕구를 증가시키기 위해 도입한 마케팅 전략이다. 화자는 케이블 채널을 이리저리 돌리면서 우연히 손길이 멈춘 곳에서 영상을 시청한다. 처음 화자의 시선이 멈춘 곳은 건기의 사막을 배경으로 코끼리와 사자 등이 등장하는 자연 다큐멘터리 채널인 듯하다. 새끼 코끼리를 노리는 사자 무리와 사자로부터 새끼를 지키려는 어미 코끼리의 사투가 벌어지는 야생의 세계는 일촉즉발의 순간이다. 화자는 그 장면에 몰입하고 있다. 그런데 정확히 일 분이 지나자 "미가입 채널입니다"라는 안내 문구가 등장하면서 화면이 이내 사라진

다. 계속 시청하기를 원하면 유료 회원으로 가입을 하라는 요청이다. 화자는 돈을 지불하고 계속 시청할 생각이 없으므로 이내 화면을 다른 채널로 넘긴다. 이번에는 총잡이가 등장하는 서부영화이다. 하지만 이 채널 또한 정확히 일 분이 지나자 동일한 문구를 송출하면서 화면이 멈춘다. 화자는 이런 방식의 채널링을 몇 차례 반복한다. 그러기를 수차례, 불현듯 화자는 자신의 미래-죽음도 "일 분 미리 보기" 기능이 있었으면 좋겠다고 생각한다. 케이블 채널의 "일 분 미리 보기" 기능과 관련한 일상적 경험을 길고 자세하게 제시하면서 결국 화자가 말하려는 바는 이것이다. 인생에도 미리 보기 기능이 있었으면 좋겠다는 것, 그리하여 시인은 자신의 죽음 이후 장면을 알고 싶은 욕망을 드러낸다. "입을 벌리고 죽었는지 두 눈은 다 감고 죽었는지 머리는 산발인지 두 발은 묶여 있는지 콧구멍에 줄을 달고 죽었는지" 같은 것들이 구체적으로 알고 싶은 내용이다. 케이블 채널의 "일 분 미리 보기"라는 지극히 일상적이고 평범해 보이는 경험의 순간에서 '죽음' 이후의 세상 모습을 궁금해하는 인간적 욕망의 단면을 끄집어내는 것, 이것이 바로 최동은의 시가 '일상'에 집착하는 근본적인 이유이다.

최동은의 시에서 '일상'은 실존적인 고민과 욕망이 돌출하는 문제적 시간이고, 나아가 시인의 실존적 세계와 연결된 과거-시간이 떠오르는 구원의 시간이기도 하다. 「일 분 미리 보기」에서 일상적 장면은 '미래'에 대한 욕망과 연결되어 있지만, 최동은의 시에서 어떤 일상적 장면들은 '과거-

시간'과 이어져 있다. 예컨대 「스노우 헤븐」이 그렇다. 이 시는 두 개의 연으로 구성되어 있다. 1연에서 화자는 한밤중에 "눈축제"를 보러 갔을 때 목격한 풍경을 사실적으로 묘사하고 있다. 자신이 걸어온 길이 눈 속에 사라지고 누군가는 하염없이 내리는 눈을 실어다 강변에 버린다. 그럼에도 불구하고 눈은 끊임없이 내려쌓여 마침내 모든 "경계"를 지워 버린다. 그런데 2연에서 상황은 완전히 바뀐다. "눈축제"라는 일상적 경험 대신에 병실 장면이 전면에 등장한다. "목에 호스를 끼고 누워 있던 그의 얼굴이 눈 속에 묻혀 있습니다 매달려 있던 소변 줄도 눈 속으로 사라졌습니다"라는 진술처럼 2연의 중심 내용은 죽음을 향해 한 걸음씩 다가서고 있는 '그'에 관한 이야기이다. 화자는 끝내 정체를 밝히지 않고 있지만 '그'가 가족의 일원임은 짐작하기 어렵지 않다. 화자는 '그'의 "얼굴"과 "눈동자"에서 "눈"을 발견한다. 그의 얼굴은 "눈 속"에 묻혀 있고, 매달려 있던 소변 줄도 "눈 속"으로 사라졌으며, 그의 "눈동자"에도 "눈"이 가득 차 있고, 시간이 흐른 뒤 화자는 '그'의 가방을 끌어안고 "눈 덮인 무덤"을 돈다. 1연에서 "눈"은 자연적 현상이지만, 2연에서의 "눈"은 자연적 대상인 "눈"의 속성, 즉 모든 것을 지워 버리는 속성을 이미지화한 것이다. 요컨대 1연의 "눈"은 2연의 "눈"이 등장하기 위한 매개이고, 따라서 "눈축제"라는 일상적 경험 또한 화자에게 소중한 존재인 '그'에 대한 기억(과거)을 떠올리게 만드는 구원의 시간인 것이다.

일상적 경험 속에서 실존적 사건이 등장하고, '과거'에 연결된 실존적 시간이 현재의 시간을 찢고 출현하는 것은 「마술레 마을에서는」에서 동일하게 반복된다. 이 시에 등장하는 "마술레(masuleh)"는 이란에 위치한 마을로 "앞집 지붕이 뒷집 마당이 되기도 옆집 마당이 아랫집 지붕이 되기도" 하는, 그리하여 "마당이 지붕이고 지붕이 마당이 되"는 구조로 유명한 관광지이다. 이 마을의 구조적 특징은 가파른 경사라는 자연적 조건을 최대한 활용함으로써 생겨난 것으로, 1연에서 시인은 이 마을의 형태적 특징을 상세하게 그려 보이고 있다. 하지만 「스노우 헤븐」과 마찬가지로 이 시는 여행 경험을 기록한 단순한 여행시가 아니다. 1연에 반복적으로 등장하는 "지붕"과 "마당"은 일상적인 대상들이다. 그것들은 2연의 장면들, 예컨대 "지붕은 중심을 벗어났다 기울어진 지붕을 타고 빗물이 샜다 마당에 냄비가 굴러다니고 플라스틱 바가지가 박살 났다"라는 실존적 장면이 도래하기 위한 배경으로 이해할 수 있다. 2연은 화자의 유년 세계를 형상화한 것이다. 그 세계에서는 "엄마가 소리 없이 울고 있"고, "할아버지를 싣고 언덕 넘어가는 상엿소리가 들리"고, "날아가는 지붕에 매달린 아버지가 떨어"진다. 이 시에서 "지붕"과 "마당"은 현재와 과거, 일상과 실존, 그리고 "마술레"와 '유년'이라는 이질적인 세계를 이어주는 매개체들이다. 이 매개를 중심으로 시인은 과거의 실존적 시간을 현재로 불러낸다. 이러한 과거-시간이 현재로 흘러들어 오는 경우 대개 그것은 실존적인 맥락에서 각별한 의미를 지니기 마련이다. 이처럼 일상의 시간은 무의미하게 흘러가는 것처럼 인식되지만 때로는 과거-시간이 돌출하는, 되돌아오는 구원의 특이점이 되기도 한다.

하필 그때 잠이 쏟아졌을까
냇물을 건너야 하는데 물이 불어나고 있는데
들고 있던 조팝꽃이 분홍 신발 한 짝이
물에 떠내려가는데

한 주먹 돌멩이를 던지고
거머리 헤엄을 치고
물에 떠내려가는데

붉은 지붕이 멀어지고 할머니가 손을 흔들고 대문이 닫히고
엄마는 또 동생을 낳았지

몇 번째 동생인가 죽은 오빠는 몇 번째인가
깜깜 하늘에 별자리를 세어 보고 지우는데
쌍둥이자리에서 동생들이 태어났는데
잠깐 나무 계단에 앉아 졸았는데

동생은 떼를 지어 울고
엄마는 멀어지고
꿈속을 빠져나간 새 한 마리

지붕 위에 앉았다 오동나무 위에 앉았다
날개를 두고 날아갔는데

다락에 숨어 어미 거미를 잡아 죽였다
기어가는 새끼도 손톱으로 꾹꾹 눌렀다
넌 무서운 아이구나

종아리를 맞고 찢어진 색종이 이파리를 붙이는데
어지럽고 미슥미슥 잠이 쏟아지는데
엄마는 계속 죽은 동생들을 낳았는데

—「명암」 전문

최동은의 시에서 과거-시간은 대부분 '가족'과 연결되어 있고, 그것은 현재적 시간을 찢으면서 도래한다. 셰익스피어의 「햄릿」에서 시간이 이음매에서 어긋나 있는(The time is out of joint) 시간 때문에 '유령'이 되돌아올 수 있듯이, 최동은의 시에서도 평범하게 보이는 일상적 시간들은 이미-항상 '되돌아오는 것(revenant)'에 열려 있다. 시간에 관해서라면, 현재는 이미-항상 수많은 구원의 계기를 함축하고 있는 것이다. 즉 '현재'라는 시간은 무의미해 보이는 일상과 실존적인 의미를 지닌 비(非)일상이 응축된, 혹은 동전의 양면처럼 통일된 형태인 것이다. 시인은 현새와 과거가 겹쳐진 이러한 시간 경험을 "명암"이라고 부른다. "명암"이란 "모서리의 한쪽이 검다/모서리의 한쪽이 희다"라는(「새처럼」) 표현처럼 검은 것과 흰 것이 공존하는 상태를 말하는데, 시인은 시집 전체를 통해 이것을 빛과 어둠, 의식과 무의식('꿈')의 관계로 변주하고 있다. 즉 최동은의 시에서 '어둠'은 과거-무의식-실존의 계보에 맞닿아 있고, 그 끝에는 항상 유년과 가족이 존재한다. 인용 시의 화자는 유년의 시인이다. 그 풍경 속에서 화자는 냇물을 건너다 "들고 있던 조팝꽃이 분홍 신발 한 짝"과 더불어 불어난 물에 휩쓸려 떠내려가는 위기의 순간을 겪고 있고, 엄마는 또 동생을 낳고, 오빠는 이미 죽었다. 게다가 동생들은 떼를 지어 울고 있지만 엄마는 점점 멀어지고 있는데, 이는 유년의 화자가 가족 안에서 감당해야 했던 심리적 무게감과 엄마와의 분리에서 경험한 불안감의 표현이라고 말할 수 있다. 또한 이 풍경 속에서 화자는 다락에 숨어서 "거미"를 잔인하게 죽이고 있고, 엄마는 "계속 죽은 동생들"을 낳는다. 엄마가 죽은 아이를 낳는다는 진술이 경험적 사실인지는 확인할 수 없지만 "종아리를 맞고 찢어진 색종이 이파리를 붙이"고, 다락에 숨어서 "거미"를 죽이는 행위는 엄마에 대한 욕망, 그러니까 엄마의 시선이 다른 곳으로 이동하고 있음을 느낄 때 겪게 되는 분리 불안을 표현한 것으로 이해해도 좋을 듯하다.

뭔가 잡히는 게 있다
내 손을 붙잡는 누군가가 있다
어둡기 전에 돌아오너라

낯익은 목소리가 팔을 잡아당긴다
나는 아무 대답도 안 하는데
놓지 않는 손이 있다

어디까지 어디까지…… 닿을 수 있을까

시퍼렇게 이끼 낀 돌멩이를 헤치고
바닥을 더듬는다 손등이 캄캄하다
어딘가에 어둠을 켜는 스위치가 있다, 분명
터치터치터치

바닥에는
입이 무거워 떠오르지 못하는 물고기의 입술
빚쟁이에 쫓겨 달아나던 삼촌의 낡은 가방
막걸리 주전자가 굴러다니던 마당이
가라앉아 있다
손가락을 물고 가는 개미 같은 것이 있다

개구리 알 같은 것이 달라붙는다
미끌거린다
더 깊이 손을 집어넣는다
오랜만이구나

시장 골목에서 잃어버린 엄마 목소리가 들린다

아홉 달 만에 죽은 언니가 내가 너라고 우긴다

환하게 웃고 있는 어둠 뒤에

똬리 틀고 있는 뱀 한 마리가 있다, 그렇게

—「어둠 속에 손을 집어넣으면」 전문

「명암」에서 "잠"이라는 기호를 통해 암시되던 세계는 이 시에서 "어둠"이라는 명시적 표현으로 바뀌어 등장한다. "어둠" 속에 손을 넣는다는 것, 또는 "어둠을 켜는 스위치"를 향해 손을 뻗는다는 것은 자신 안에 존재하는 무의식의 영역, 그리고 실존적 세계인 과거를 응시한다는 의미이다. 그 "어둠"의 세계에는 무엇이 존재하는가? 우선 "어둡기 전에 돌아오너라"라는 목소리가 존재한다. 목소리의 주체를 확인할 길은 없지만 그것이 엄마나 아빠, 혹은 조부모의 것일 수밖에 없음은 상식이다. 또한 그 세계에는 "빚쟁이에 쫓겨 달아나던 삼촌의 낡은 가방"과 "막걸리 주전자가 굴러다니던 마당"이 있고, "더 깊이 손을 집어넣"으면 "시장 골목에서 잃어버린 엄마 목소리"와 "아홉 달 만에 죽은 언니"가 존재한다.

최동은의 화자들은 종종 무언가를 잃어버린다. 그들은 '상실'의 주체이다. 가령 「소풍」의 화자는 "소풍이 끝났는데 아이들은 돌아갔는데 이상하게 붉은빛에 휩싸여 길을 잃었을까요"라는 진술처럼 "길"을 잃어버리고, 「졸음」의 화자는 "입술 자국 그림자 염증…… 아들 생일 공휴일 입춘 동그라미" 같은 "외우고 있던 단어들이 하나씩 사라"진다고 고백한다. 그런데 그들이 잃어버리는 것이 이것만은 아니다. 「스팸」에서 화자는 사내를 따라 들어간 오리나무 숲속에서 "수몰된 마을"과 "물이 가득 찬 집"을 발견한다. 그리고 그 마을에서 "담배를 팔던 점방에는 먼지가 피어오르다 시끼지고 옆집 명숙이와 그림자밟기 놀이하던 마당엔 풀이 수북"한 풍경을 목격한다. 이것은 화자가 유년의 세계를 상실했다는 의미로 이해된다. 「회전목마」의 화자는 '대상'의 상실을 세계의 사라짐으로 표현한다는 점에서 흥미롭다. 이 시의 화자는 "들고 있던 언니는 어디로 갔나/흘러내린 자국은 어디로 갔나/달콤하고 부드러운 손은 어디로 갔나"라는 표현에서 암시되듯이 아이스크림과 그것을 들고 있던 언니를 동시에 잃어버렸다. "여기서 기다리고 있을게"라고 약속했던 언니가, 그 언니가 들고 있던 화자의 아이스크림이, 회전목마를 타고 돌아오니 사라진 것이다. 이러한 상실과 사라짐은 "붉은 지붕이 사라진다/자개장롱 분꽃 마당이 사라진다/결혼을 한 언니는 꼭 닮은 아이를 낳고/엄마는 어느 생의 요양원으로 가고"라는 진술처럼 유년의 화자가 현재의 화자로 성장하는 과정에서 떠나보냈거나 상실한 세계, 그것에 대한 실패한 애도의 산물이다. 어른이 된다는 것은 유년의 세계를 벗어난다는 것이고, 그것은 자신을 둘러싸고 있던 존재들과 헤어진다는 것을 의미한다. 이 이별은 단순한 헤어짐이 아니라 '죽음'처럼 불가역적인 이별인 경우도 대부분이다. 이런 이유로 인해 최동은의 시에는 가족들의 죽음에 관한 이야기가 빈번하게 등장한다. "아홉 달 만에 죽은 언니"(「어둠 속에 손을 집어넣으면」), "할머니의 장례식"(「잠깐 햇빛이 들었다」), "죽은 오빠"와 "죽은 동생들"(「명암」), "할아버지를 싣고 언덕 넘어가는 상엿소리"(「마술레 마을에서는」), 간 곳을 알 수 없는 "엄마"와(「펑!」) 떠난 "아버지"(「화이트 아웃」)……. 시인의 유년 시절을 보낸 실존적 공간인 마을은 "물속으로 가라앉"았고(「봄날은 간다」), 어린 소녀를 둘러싸고 있던 가족적 세계의 구성원들은 모두 떠났거나 죽었다. 이 상실로, 죽음으로 인해 시인의 유년 세계는 영원히 닫힌 것이다.

엄마는 구름을 이고 걷는다 구름은 엄마의 다라이 안에서 뭉글뭉글 피어오른다 구름떡 바람떡 쑥개떡…… 지하도 입구에 쪼그려 앉은 엄마 잠깐잠깐 조는 엄마 단속반에 걷어차이는 엄마

한 봉지 한 봉지 팔려 나가는 구름 어두울 때 옆에 있어주는 구름 해 지면 빈 다라이에 담겨 돌아오는 구름

쫓겨 갔다 그 자리로 돌아오는 엄마 김밥 한 개 쑤셔 넣는 엄마 물도 없이 꿀꺽 삼키는 엄마 짧게 눈을 감았다 뜨는 엄마

골목골목 돌아가며 종종걸음 치는 구름 엄마 옆에 꾸부리고 잠을 자는 구름 엄마의 꿈속을 부풀리는 구름 사기꾼

의 얼굴을 알고 있는 구름

꾸깃꾸깃 접힌 돈 침 발라 세는 엄마 퉁퉁 부은 다리 주
무르는 엄마 눕자마자 코를 고는 엄마 코를 고는 구름

—「엄마의 구름」 전문

최동은의 시에서 어린 화자는 유년의 시공간, 즉 가족과 함께 살았던 시간과 마을을 상실하면서 성장하고, 그 거대한 상실과 결핍의 중심에는 가족과의 이별, 그리고 죽음이라는 사건이 놓여 있다. 그 가운데 "엄마"와의 관계는 매우 특별해 보인다. 시집 전체에 걸쳐 "엄마"가 등장하는 장면들을 잠시 살펴보자. "엄마가 소리 없이 울고 있었다"(「마술레 마을에서는」), "한복집 앞에서 분홍 치마저고리를 바라보던 엄마는 어디로 갔지"(「펑!」), "엄마는 멀어지고"(「명암」), "엄마는 언제나 뒷모습만 보여요"(「소풍」), "시장 골목에서 잃어버린 엄마 목소리가 들린다"(「어둠 속에 손을 집어넣으면」)……. 최동은의 시에서 "엄마"와 화자 사이에는 좁혀지지 않는 간극/거리가 존재한다. 추측건대 이것은 "엄마"가 화자의 욕망을 충족시키지 못했기 때문에 생긴 결핍감의 표현일 것이다. 유년의 화자에게 "엄마"는 각별한 리비도의 투사 대상이지만 그때마다 "엄마"는 계속 멀어지거나 잃어버려서 찾아야 하는 대상으로 경험되었던 것이다. 심지어 "엄마"는 가까이 있을 때조차 등을 돌리고 있어서 "뒷모습"만 보인다. 이러한 장면들은 결국 유년의 화자에게 "엄마"가 결핍

의 대상이었음을, 그리하여 손을 뻗어 다가가려고 해도 결코 도달할 수 없는 대상이었음을 말해 준다. 최동은의 시에서 자주 반복되는 '이별'이라는 사건과 '그리움'이라는 정서, 특히 그리움의 대상인 "애인"(「문경 애인」), "그"(「캄캄해요」), "당신"(「맴맴 멀미」) 등은 이러한 결핍의 경험과 무관해 보이지 않는다. 시인이 공개하지 않는 한 이 인칭대명사들의 정체를 알 수는 없지만 가족을 포함한 매우 친밀한 관계의 인물들임을 추측하기는 어렵지 않다.

인용 시의 화자 역시 "엄마"를 바라보는 시선이 남다르다. 하지만 이 시에서 화자는 "엄마"의 고단한 일상을 매우 객관적인 시선으로 형상화하려는 태도를 취하고 있다. 지하도 입구에서 떡을 팔아 생계를 해결하는 "엄마", 그런 "엄마"가 단속반에 걷어차이고, 김밥 몇 개로 끼니를 해결하는 장면을 지켜봐야 했던 화자의 심정은 남달랐을 것이다. 하지만 화자는 그런 "엄마"에 대한 자신의 심정을 드러내지 않음으로써 "엄마"의 고단했던 삶의 비극성을 증폭시키고 있다. 그런데 "엄마"를 바라보는 화자의 시선이 객관적인 것과 유사하게 이 시에서는 '나'에 대한 "엄마"의 태도, 특히 정서적인 교감을 확인할 수 있는 행동들이 드러나지 않는다. "엄마"는 '나'라는 존재가 없는 것처럼 행동하고 있다. 이 시에서 드러나는 '나'와 "엄마" 사이의 거리감은 심리적 결핍의 흔적이기보다는 유년의 세계를 객관적으로 표현하려는 의도의 산물일 것이다. 때로는 객관적인, 객관적이려고 노력하는 태도 자체가 한층 비극적이기 때문이다. 하지만 이런 객관화의 의지에도 불구하고 이 시는 물론 시집 전체에 걸쳐 시인에게 "엄마"라는 존재가 각별한 의미를 지닌 대상으로 표현되고 있음은 부정할 수 없다.

> 무시무시한 개에 물려 죽었고 저수지에 빠져 죽었다
> 나를 밟고 간 자동차는 오늘도 달린다
> 흙 속 곰팡이 균이 내 몸에 퍼졌고
> 그 위에 호박꽃이 피었다
>
> 스무 살 때는 다리 아래로 떨어져 죽었다
> 다리 아래가 낭떠러지인 줄 몰랐다
> 그가 떠밀었다는 걸 죽고 나서 알았다
>
> 천둥이 치고 번개가 번쩍이던 밤
> 갑자기 한기가 들어 이불을 뒤집어쓰고 죽었다
>
> 침대 옆 시계는 째깍거리고 핸드폰은 울다 지치고 터치등은 오래 켜져 있다
>
> 어느 화장터로 가야 할지
> 유골함을 받아들고
> 배롱나무 이파리에게 가는 길을 물었다
> 주검을 안고 공원을 몇 바퀴 더 돌았다

어제 받은 택배도

몰래 버리고 온 쓰레기도

죽은 나를 기억하지 못할 것이다

—「나는 죽었다」 전문

숱한 '죽음'을, 실존적인 상처와 결핍을 반복함으로써 유의미한 세계로부터 추방된 화자는 종종 자신이 죽었다고 생각하기에 이른다. 상실의 주체는 어느 순간부터 실존적인 죽음을 앓기 시작한 것처럼 보인다. "누군가 당신은 사흘 전에 죽었다고 했다/염쟁이가 와서 내 몸의 구멍이란 구멍을 다 막고 있었다"라는 진술처럼 '나'의 죽음은 타인에 의해 확인되기도 한다(「자정」). "가끔 아주 가끔/그가 왔다가나 봐요/머리칼이 흩어져 있고 베개가 젖어 있기도 하거든요"라는 진술에서 암시되듯이 최동은의 시에서 낯선 시간, 이질적인 세계는 대개 '꿈'을 통해 도래한다(「캄캄해요」). 정신분석학의 주장처럼 최동은에게 '꿈'은 억압된 존재, 애도에 실패한 대상들이 되돌아오는 세계의 '틈' 같은 것이다. '꿈'은 최동은 시의 무의식을 가장 분명하게 확인할 수 있는 지름길이다. 그런데 인용 시에서 확인되듯이 '죽음'은 일회적으로 종결되지 않는다. 두 번 이상의 죽음, 아니 죽음을 반복적으로 경험한다는 것은 그 '죽음'이 생물학적인 죽음이 아니라는 것을 의미한다. 그러니까 '나'라는 단일한 주체를 상정할 경우 "개"에 물려 죽는 사건과 "저수지"에 빠져 죽는 사건 둘 모두가 발생할 수는 없다. 하나의 사건이 발생하고 다른 하나의 사건이 발생하려고 할 때, '나'는 이미 죽은 존재이기 때문이다. 그럼에도 불구하고 화자는 자신의 죽음을 수차례 다른 방식으로 진술하고 있다. 이는 "침대 옆 시계는 째깍거리고 핸드폰은 울다 지치고 터치 등은 오래 켜져 있다"라는 진술을 잠에서 깬 상태로, 따라서 이 진술 전후의 사건들을 '꿈'으로 읽어야 한다는 의미이기도 하다. 중요한 것은 비록 '꿈'을 통해서일지라도 시인이 자신의 죽음을 반복적으로 경험한다는 것이고, 이 '죽음'에 대한 강박이 여러 차례에 걸친 상실과 그로 인한 결핍, 그리고 그것들에 대한 애도의 실패에서 비롯되는 실존적 사건이라는 점일 것이다.